TIGGY WINKLE
TWO BAD MICE
JEMIMA PUDDLE DUCK
J. FISHER
BENJAMIN BUNNY
FLOPSY BUNNIES

CLASSICO
Part of Cow & Bridge Publishing Co.
Web site : www.cafe.naver.com/sowadari
3ga-302, 6-21, 40th St., Guwolro, Namgu, Incheon, #402-848 South Korea
Telephone 0505-719-7787 Facsimile 0505-719-7788 Email sowadari@naver.com

The Tale Of
BENJAMIN BUNNY
by Beatrix Potter

Published by Cow & Bridge Publishing Co.
First original edition published by Frederick Warne & Co. London
This recovery edition published by Cow & Bridge Publishing Co. Korea

ISBN 978-89-98046-41-5

벤자민 버니 이야기

베아트릭스 포터 지음

Cow & Bridge
PUBLISHING COMPANY

벤자민 삼촌이 소어리의 어린 친구들에게

어느 화창한 아침.

꼬마 벤자민 버니가 산비탈에 앉아 있었는데

또가닥또가닥, 또가닥또가닥

조랑말 발굽 소리가 들려왔어요.

귀를 쫑긋 세우고 들어 봤더니

맥그레거 아저씨가

마차를 몰고 지나가는 소리였어요.

그 옆에는 맥그레거 아저씨 부인이

예쁜 헝겊 모자를 눌러쓰고 앉아 계셨어요.

마차가 지나가자마자 꼬마 벤자민은
비탈에서 미끄럼을 타고 내려왔어요.
그리고 깡충깡충 뛰어서
맥그레거 아저씨네 텃밭 근처 숲 속에 사는
사촌 토끼 피터래빗을 부르러 갔어요.

TEA &

숲에는 토끼굴이 아주 많았어요.
그중에서도
포근한 모래가 제일로 수북한 토끼굴에는
꼬마 벤자민의 이모 토끼하고 사촌 토끼들,
그러니까 플롭시, 몹시, 코튼테일,
그리고 장난꾸러기 피터가 살았답니다.
이모 토끼는 털장갑하고 목도리를 만들어
시장에 내다 팔았어요.
이모 토끼가 만든 장갑은 아주 따뜻하답니다.
그리고 냄새 좋은 풀꽃을 말려서 만든
향긋한 풀잎차도 팔았어요.

말썽쟁이 꼬마 벤자민은

이모 토끼랑 마주치고 싶지 않았어요.

그래서 전나무 뒤로 살금살금 돌아가서

피터래빗의 귀가 보이는 쪽으로 다가갔어요.

"야, 피터!"

벤자민은 피터 옆에 털썩 앉았어요.

그런데 가엾게도 피터는 외투도 입지 않고

신발도 신지 않은 채

커다랗고 빨간 목도리만 두르고 있었어요.

꼬마 벤자민이 말했어요.

“피터, 누가 옷을 가져간 거야?”

피터는 대답했어요.

“맥그레거 아저씨네 허수아비가 가져갔어.”

그리고 맥그레거 아저씨네 텃밭에서

외투랑 신발을 놓고 온 이야기를 해 주었어요.

벤자민이 피터 옆에 바싹 다가와 말했어요.
"맥그레거 아저씨는 마차를 타고 외출하셨어.
부인이 예쁜 헝겊 모자를 쓴 걸 보면
하루 종일 돌아오지 않으실 거야."
꼬마 벤자민은 비라도 내리길 바랐던 걸까요?
그때, 엄마 토끼 목소리가 들려왔어요.
"피터, 미나리 좀 이리 가져오렴."
심부름을 싫어하는 피터가 말했어요.
"벤자민, 잠깐 산책이라도 가는 게 좋겠어."

피터와 꼬마 벤자민은 손에 손을 잡고
길가 담벼락 위로 올라갔어요.
거기에서는 맥그레거 아저씨네 텃밭이
훤히 들여다보였어요.
텃밭 안 저어기.
낡은 모자를 쓴 허수아비가
피터의 외투를 걸치고 있는 게 보였어요.

꼬마 벤자민이 말했어요.
"문틈으로 기어서 들어가면 옷을 버리니까
배나무를 타고 올라가 뛰어내리자."
피터는 머리부터 거꾸로 떨어졌지만
아무 데도 다치지 않았어요.
왜냐하면 맥그레거 아저씨가
정성껏 흙을 갈아 놓았기 때문에
땅이 아주 폭신폭신했거든요.
피터는 상추밭 위로 떨어진 거예요.

피터와 꼬마 벤자민은
텃밭 여기저기
발자국을 남겨 놓았어요.
특히 꼬마 벤자민은
나무로 만든 구두를 신어서
발자국도 아주 깊었어요.

꼬마 벤자민이 말했어요.
"제일 먼저 외투를 되찾아야 해.
커다란 목도리는 쓸 데가 있거든."
밤새 비가 주룩주룩 내려서
신발 안에는 물이 가득 고여 있었고
외투도 약간 줄어들어 있었어요.
꼬마 벤자민은 허수아비 모자를 써 봤지만
모자가 너무 컸어요.

그리고 꼬마 벤자민이 말했어요.
"목도리에 양파를 담아서 가져가자.
이모가 좋아하실 거야."
하지만 피터는 불안해서
귀를 쫑긋 세우고
계속 주위를 두리번거렸어요.

피터와는 달리 꼬마 벤자민은
조금도 불안한 기색이 없었어요.
왜냐하면 꼬마 벤자민은 아빠와 함께
일요일마다 맥그레거 아저씨네 텃밭에
상추를 따러 오거든요.
꼬마 벤자민의 아빠 이름도 벤자민이에요.
그래서 벤자민 삼촌이라고 부른답니다.
꼬마 벤자민은 상추를 뜯어 먹으며 말했어요.
"역시 맥그레거 아저씨네 상추는 맛있어."

하지만 피터는 아무것도 먹지 않았어요.
그리고 이렇게 말했어요.
"벤자민, 이제 집에 가자."
그때 목도리 안에 있던 양파를
한 절반쯤 흘린 것 같아요.

꼬마 벤자민이 말했어요.
"양파 보따리가 무거워서
배나무를 타고 올라갈 수 없으니까
이쪽 길로 나가자."
양지바른 붉은 벽돌담 밑,
널빤지가 깔린 좁은 길을 따라
꼬마 벤자민은 씩씩하게 걸어갔어요.
생쥐들이 문 앞 돌계단에 앉아
앵두씨를 까먹으면서
피터래빗과 꼬마 벤자민버니에게
눈을 찡끗, 윙크를 했어요.

계단에서 피터는 또 양파를 흘렸어요.

화분 사이를 빠져나와
강낭콩 덩굴 밑을 돌아서
물통 옆을 지나갈 즈음,
어디선가 귀에 익은 소리가 들려왔어요.
피터와 꼬마 벤자민이 멈춰 선 그 자리에서
두세 걸음 앞에
맥그레거 아저씨네 왕눈이 고양이가
꾸벅꾸벅 졸면서 앉아 있지 뭐예요!

꼬마 벤자민은 고양이 집 뒤에 숨어서
고양이를 한 번 빼꼼 쳐다보고는
피터와 함께 후다다닥
커다란 소쿠리 밑에 숨었어요.

고양이는 쭈우욱 기지개를 켜더니
어슬렁어슬렁 소쿠리 가까이로 다가와서
킁킁 냄새를 맡았어요.
양파 냄새가 많이 났나 봐요.
그러고는 소쿠리 위로 올라가 앉아 버렸어요.

고양이는 다섯 시간이나
소쿠리 위에 앉아 있었어요.
자그마치 다섯 시간이나요!
피터와 꼬마 벤자민이 소쿠리 안에서
무얼 하고 있는지 보여 주고 싶지만
소쿠리 안이 너무 캄캄해서
아무것도 보이지가 않네요.
피터와 꼬마 벤자민은
양파 냄새가 너무 매워서
훌쩍훌쩍 울고 있었답니다.

오후가 한참 지나고
해는 숲 저편으로 넘어가는데
고양이는 계속 소쿠리 위에 앉아 있었어요.
그때, 후두둑후두둑 하고
담벼락 위에서 흙 떨어지는 소리가 들렸어요.
벤자민 삼촌이 온 거예요.
고양이는 담벼락 위를 뒷짐 지고 걸어가는
벤자민 삼촌을 쳐다봤어요.
입에 멋진 파이프를 물고
한 손에는 회초리를 들고
꼬마 벤자민을 찾고 있었어요.

용감한 벤자민 삼촌은

고양이를 전혀 무서워하지 않아요.

벤자민 삼촌은 담벼락 위에서

풀쩍 뛰어내려

회초리로 고양이 엉덩이를

찰싹 때려 주었어요.

깜짝 놀란 고양이는 쏜살같이

온실 안으로 달아났어요.

고양이가 온실 안으로 들어가자

벤자민 삼촌은 온실 문을 잠가 버렸어요.

그러고 나서 소쿠리 안에 숨어 있던

꼬마 벤자민의 귀를 잡고 끄집어내

회초리로 볼기짝을 찰싹 때려 주었지요.

"요석들, 위험한 곳에 가면 안 된다고 했지!"

피터도 삼촌에게 회초리를 맞았답니다.

벤자민 삼촌은 양파 보따리를 들고
회초리와 상추 한 포기를 옆구리에 끼고
텃밭 문으로 씩씩하게 걸어 나갔답니다.

그리고 조금 있다가
맥그레거 아저씨가 텃밭으로 돌아왔어요.
아저씨는 밭 위에 난 발자국을 보고
너무너무 놀랐어요.
발자국이 아주아주 작았기 때문이에요.
그리고 고양이가 어떻게 혼자서
온실 문을 잠갔는지도
아주아주 궁금했답니다.

피터가 외투와 신발을 찾아 와서
엄마 토끼는 기뻤어요.
코튼테일과 피터는 목도리를 곱게 갰고요.
엄마 토끼는 양파랑 향기 나는 풀잎을
부엌 천장에 잘 매달아 놓았답니다.

TEA &

여러분, 위험한 곳에는 가지 마세요.

– 끝 –

오리지널 피터래빗 시리즈 02

The Tale of Benjamin Bunny
벤자민 버니 이야기

1판 1쇄 2014년 12월 5일
지은이 베아트릭스 포터 **옮긴이** 김동근
발행인 김동근
발행처 소와다리
출판등록 제2011-000015호(2011년 8월 3일)
주소 인천광역시 남구 구월로 40번길 6-21번지 3가동 302호
전화 0505-719-7787
팩스 0505-719-7788
이메일 sowadari@naver.com

파본은 구입처를 통해 바꿔드립니다.

ISBN 978-89-98046-41-5